Un día

Lada Josefa Kratky

T0058617

NATIONAL GEOGRAPHIC LEARNING | CENGAGE Learning®

Un día, Desi se asoma.

Da un paseo.

Mmmm. Esa pata es de un sapo.

Mmmm. Esa pata es de un pato.

Mmmm. Esa pata es de un dinosaurio.

¿Pasó un sapo?

¿Pasó un pato?

¿Pasó un dinosaurio?

Desi se asoma.

Patitas, patas, patotas.